Vimoutiers 7 Août 99.

V

COLLECTIONS

de feu

M. E. RIDEL

VENTE

A VIMOUTIERS (Orne)

du 7 au 14 Août

1899

Ménard & Chaufour
8 & 10, Rue Milton
Paris

CATALOGUE

DES

COLLECTIONS

de feu M. E. RIDEL

COMPRENANT

FAIENCES & PORCELAINES ANCIENNES

SCULPTURES

en Pierre, Terre-Cuite et Bois

VITRAUX, FERRONNERIE, ARMES

Dinanderie, Cuivrerie ancienne, Argenterie

TAPISSERIES

300 MEUBLES ANCIENS

GOTHIQUES, RENAISSANCE, XVIIe & XVIIIe SIÈCLES

Étoffes anciennes des mêmes époques

DONT LA VENTE AURA LIEU

A VIMOUTIERS (ORNE)

Le 7 Août et jours suivants

A 1 HEURE PRÉCISE

Me LEROYER
NOTAIRE
à *VIMOUTIERS (Orne)*

Me BOSCHER
COMMISSAIRE-PRISEUR
à *ARGENTAN (Orne)*

ASSISTÉS DE

M. E. GANDOUIN, EXPERT, *40, Avenue de Wagram*
et *Hôtel du Soleil d'Or* à VIMOUTIERS

16 — XVIe SIÈCLE. Autre et d'ornementation différente. Provenant de Pierrefitte.

17 — XVIe SIECLE. Epi, émaux de couleurs base et colonnette ornée d'anses et masques, vase à volutes et masques, bouquets d'artichauts surmontés d'un pélican ailes éployées. Provenant de Mornay

18 — XVIe SIECLE. Epi, émaux de couleurs. Double base à colonette ornée de quatre anses, vases à anses détachées et tête en relief surmonté d'un bouquet de feuillages et fleurs, avec pélican au sommet. Provenant de Cisay-St.-Aubin.

19 — XVIe SIECLE. Epi, émaux de couleurs, analogue au précédent. Provenant de Vimoutiers.

20 — XVIe SIECLE. Epi, émaux de couleurs. Double bases à quatre anses, ornée de masques barbus, vase à ceinture et godrons, anses et masques d'amours, corbeille de fleurs surmontée d'une sirène. Provenant de Courson.

21 — XVIe SIECLE. Epi, émaux de couleurs, base à masques anses, vase à anses et têtes d'amour, bouquet surmonté au sommet d'un triton tenant un disque et une trompe. Provenant de la Breviere, près Livarot.

22 — XVIe SIECLE. Epi, émaux de couleur analogue au précédent, orné au sommet d'une sirène. Provenant de la Brevière.

23 — XVIe SIECLE. Epi, masques, anses à têtes émaillées vert.

24 — XVIe SIECLE. Epi, gros vase marbré.

25 — XVIe SIECLE. Epi, émaux de couleur, marbré.

26 — XVIe SIECLE. Epi, émaux de couleurs bases à masques et anses, vase fleurs et pélican. Provenant de la Cambe.

27 — XVIe SIÈCLE. Epi, émaux de couleurs. Double base à masques féminins, vase à ceinture, masque, anses, fleurs sommet orné de sirène. Provenant de La Pommeraye, près Lisieux.

28 — XVIe SIECLE. Autre anologue au précédent, surmonté d'un triton. Provenant de Vimoutiers.

29 — XVIe SIECLE. Epi, émaux de couleur, base colonette et vase ornés d'anses et masques, surmonté d'un pélican. Provenant de Pont-Lévêque.

30 — XVIe SIÈCLE. Épi, émaux de couleurs, formes analogues aux précédents. Provenant de Aunon.

31 — XVIe SIÈCLE. Épi, émaux de couleurs à anses torses. Masques. Pélican brun et ses petits. Provenant de Orval.

32 — XVIe SIÈCLE. Épi, émaux de couleurs, base verte avec cariatides, vase bleu anses torses. pomme à cuvettes surmontée d'un pélican. Provenant de Aunnoy.

33 — XVIe SIÈCLE. Épi, émaux de couleur, base et vase à masques, pomme à palmettes ornée de cuvettes et surmontée d'un pelican. Provenant de Fourneaux, près Falaise.

34 — Épi à base verte, vase de même à couronne de fleurs surmontée d'un pigeon.

35-40 — Sous ces numéros, divers épis à émaux de couleurs. Analogues à ceux déjà décrits.

40-45 — Sous ces numéros, bases vase pièces d'enfilage et sommets provenants d'épis ; qui seront vendus par lots et divisés.

CONDITIONS DE LA VENTE

Elle aura lieu au comptant; les acquéreurs paieront dix pour cent applicables aux frais.

En cas de contestation sur une enchère, l'objet sera remis immédiatement en vente.

L'ordre numérique des objets ne sera suivi à aucune vacation.

NOTA. — Vu la difficulté de la manutention, les meubles seront vendus sur place et leur ordre de numéro ne sera pas suivi.

Les acquéreurs auront un mois pour enlever les objets adjugés.

S'il y a lieu des vacations auront lieu de 10 heures du matin à midi.

Paris. — Imp. Ménard et Chaufour, 8-10, rue Milton

LE CATALOGUE SE DISTRIBUE A

Paris........................	Chez M. E. Gandouin 40, avenue de Wagram.
—	*Journal des Ventes*, 21, rue Le Peletier.
—	*Journal des Arts*, 1, rue de Provence.
—	*Gazette de l'Hôtel Drouot*, 8, rue Milton.
Argentan....................	Chez M. Boschen, commissaire-priseur.
Amiens.....	Chez M. Lefèvre, antiquaire.
Angers......................	Chez M. Colombel, antiquaire.
Fontainebleau.............	Chez M. Chambon, antiquaire.
Havre.......................	Chez M. Soclet, antiquaire.
Lille.........................	Chez M. Carlier, 7, rue Esquermoise.
Orléans.....................	Chez M. Besnard, rue de Bourgogne.
Rouen.......................	Chez M. Le François, 46, rue d'Amiens.
Tours........................	Chez M. Pignolet, rue de la Scellerie.
Versailles..................	Chez M. Leroy, 8, place Hoche.

ORDRE DES VACATIONS

Lundi 7 août

Faïences anciennes	46 à 56
Ferronnerie	72 à 74
Armes	81 à 82
Meubles	50 lots
Epis du pré d'Auge	1 à 8

Mardi 8 août

Faïences anciennes	57 à 59
Ferronnerie	75 à 78
Armes	82 à fin
Meubles	50 lots
Epis du pré d'Auge	9 à 16

Mercredi 9 août

Vitraux anciens	20 lots
Porcelaines anciennes	59 à 61
Etains anciens	62 à 63
Cuivrerie ancienne	64 à 68
Meubles anciens	50 lots
Epis	17 à 24

Jeudi 10 août

Vitraux anciens	20 lots
Porcelaines anciennes	61 à
Cuivres anciens	69 à 71
Ferronnerie	79 à
Meubles anciens	50 lots
Epis	25 à 32

Vendredi 11 août

Vitraux anciens	20 lots
Cadres, tableaux	20 lots
Meubles anciens	50 lots
Etoffes	50 lots
Epis	33 à 40

Samedi 12 août

Argenterie	30 lots
Bijoux	30 lots
Etoffes	60 lots
Meubles	50 lots
Tapisseries	15 lots
Epis	41 à 45

DÉSIGNATION

ÉPIS DE FAITAGE

1 — XIVe SIÈCLE. Epi traces d'émaux forme tour crénelée entourée de loges de guet, au bas 4 maisons. Provenant de Ste.-Marguerite-des-Loges (Calvados).

2 — XVe SIÈCLE. Emaillé vert, épi surmonté d'un cavalier tenant un oiseau et orné de cabochons, animaux chimériques. Provenant de Lisieux.

3 — XVe SIÈCLE. Epi émaillé vert, colonne à contreforts surmontée d'un pélican. Provenant d'Anxeville (Calvados).

4 — XVIe SIÈCLE. Epi émaillé vert foncé, formé de vase, gaîne supportant un autre vase surmonté

d'un oiseau orné de masques, d'anses palmettes, etc., etc. Provenant de Mesnil-Guillaume.

5 — XVIe SIÈCLE. Autre plus petit. Epi émail jaune marbré, forme balustre à divers renflements. La base ornée d'une figure de vierge et de personnages costumes Henri II, d'animaux chimériques anses, cabochons, etc., etc.

6 — XVIe SIÈCLE. Epi émaux de couleurs, la base ornée de masques et figures chimériques, gaîne à masques surmontée d'une vasque d'où hissent des fleurs et des masques au sommet, pélican ailes ouvertes. Provenant de la Pipardière, près Livarot, Calvados.

7 — XVIe SIÈCLE. Epi, émaux noirs, jaune et blanc, formé de vases superposés à masques féminins et barbus, surmonté d'un pélican aux ailes étendues.

8 — XVIe SIÈCLE. Epi, émaux de couleurs or base, colonnes superposées, vase d'ou sortent des fleurs au sommet d'un pélican. Provenant de Mesnil-Bacley, près Livarot.

9 — XVIe SIÈCLE. Epi, émaux de couleur à base ronde, gaîne carrée surmontée de vases d'où hissent des fleurs surmontées d'un pélican aux ailes ouvertes. Provenant de Falaise.

10 — XVIe SIÈCLE. Epi, émaux de couleurs, formes analogues au numéro précédent, avec artichauts surmontés d'un pélican. Provenant de Falaise.

11 — XVIe SIÉCLE. Epi, émaux de couleurs, base ronde gaîne carrée supportant un vase surmonté d'un œuf sur lequel pélican et petits. Provenant de Nauphes, près Trun.

12 — XVIe SIÈCLE. Epi, émaux de couleurs, forme de vases auperposés à masques d'homme et de femme surmonté d'un pélican aux ailes ouvertes. Provenant de Nauphes, près Trun.

13 — XVIe SIECLE. Epi, émaux de couleurs, double base à anses ornées de masques vase à gaudrons, gaîne guirlandes vasque à fleurs surmontée d'un pélican, ailes éployées. Provenant d'Argentan.

14 — XVIe SIECLE. Epi, émaux de couleurs. Double base à anses, masques, vase à gaudrons guirlandes, vase à masques fleurs, pièce d'enfilage ornée de croissants, surmontée d'un pélican aux ailes éployées. Provenant d'Argentan.

15 — XVIe SIECLE. Epi, émaux de couleurs base à anses et masque, pilastre supportant un vase à têtes de chien et masques d'enfant d'ou hissent feuillages, fleurs, surmontées d'un pélican à ailes éployées. Provenant de Jore.

16 — XVIe SIÈCLE. Autre et d'ornementation différente. Provenant de Pierrefitte.

17 — XVIe SIECLE. Epi, émaux de couleurs base et colonnette ornée d'anses et masques, vase à volutes et masques, bouquets d'artichauts surmontés d'un pélican ailes éployées. Provenant de Mornay

18 — XVIe SIECLE. Epi, émaux de couleurs. Double base à colonette ornée de quatre anses, vases à anses détachées et tête en relief surmonté d'un bouquet de feuillages et fleurs, avec pélican au sommet. Provenant de Cisay-St.-Aubin.

19 — XVIe SIECLE. Epi, émaux de couleurs, analogue au précédent. Provenant de Vimoutiers.

20 — XVIe SIECLE. Epi, émaux de couleurs. Double bases à quatre anses, ornée de masques barbus, vase à ceinture et godrons, anses et masques d'amours, corbeille de fleurs surmontée d'une sirène. Provenant de Courson.

21 — XVIe SIECLE. Epi, émaux de couleurs, base à masques anses, vase à anses et têtes d'amour, bouquet surmonté au sommet d'un triton tenant un disque et une trompe. Provenant de la Breviere, près Livarot.

22 — XVIe SIECLE. Epi, émaux de couleur analogue au précédent, orné au sommet d'une sirène. Provenant de la Brevière.

23 — XVIe SIECLE. Epi, masques, anses à têtes émaillées vert.

24 — XVIe SIECLE. Epi, gros vase marbré.

25 — XVIe SIECLE. Epi, émaux de couleur, marbré.

26 — XVIe SIECLE. Epi, émaux de couleurs bases à masques et anses, vase fleurs et pélican. Provenant de la Cambe.

27 — XVIe SIÈCLE. Epi, émaux de couleurs. Double base à masques féminins, vase à ceinture, masque, anses, fleurs sommet orné de sirène. Provenant de La Pommeraye, près Lisieux.

28 — XVIe SIECLE. Autre anologue au précédent, surmonté d'un triton. Provenant de Vimoutiers.

29 — XVIe SIECLE. Epi, émaux de couleur, base colonette et vase ornés d'anses et masques, surmonté d'un pélican. Provenant de Pont-Lévêque.

30 — XVIe SIÈCLE. Épi, émaux de couleurs, formes analogues aux précédents. Provenant de Aunon.

31 — XVIe SIÈCLE. Épi, émaux de couleurs à anses torses. Masques. Pélican brun et ses petits. Provenant de Orval.

32 — XVIe SIÈCLE. Épi, émaux de couleurs, base verte avec cariatides, vase bleu anses torses. pomme à cuvettes surmontée d'un pélican. Provenant de Aunnoy.

33 — XVIe SIÈCLE. Épi, émaux de couleur, base et vase à masques, pomme à palmettes ornée de cuvettes et surmontée d'un pelican. Provenant de Fourneaux, près Falaise.

34 — Épi à base verte, vase de même à couronne de fleurs surmontée d'un pigeon.

35-40 — Sous ces numéros, divers épis à émaux de couleurs. Analogues à ceux déjà décrits.

40-45 — Sous ces numéros, bases vase pièces d'enfilage et sommets provenants d'épis ; qui seront vendus par lots et divisés.

FAIENCES ANCIENNES

DE DIVERSES FABRIQUES

46 — Pré d'Auge : Jésus et la Samaritaine, émaux vert.

47 — Fontaine : Émaux marbrés.

48 — Fontaine : Vierge dans sa gloire, crucifix, larrons.

49 — Fontaine : Dauphin. Emaillé vert.

50 — Fontaine : Groupe de Saint Hubert.

51 — Pré d'Auge : Vierge, statuette et trois autres; émaux de couleurs.

52 — Pré d'Auge, fontaine : Vierge dans sa gloire.

53 — Pré d'Auge, fontaine : Gourdes diverses à émaux différents.

54 — Pré d'Auge. Jardinières, pots à surprises, vases divers.

55 — Fabriques anciennes diverses : Vases, pots à eau, gourdes, bénitiers, monuments, etc. Ce lot sera divisé.

56 — Fabriques anciennes diverses : Carreaux de carrelages gravés et peints des XIVe XVe XVIe et XVIIe SIÈCLES.

57 — Nevers ancien : La Vierge, Saint Joseph. — Grand Lion.

57 — A — Quatre plats armoriés.

57 — B — Paire de grands vases bleus mouchetés, réparés.

57 — C — Pot décor bleu.

57 — D — Plat décor bleu

57 — E — Plat avec Saint Jean, vierge, grande statuette.

58 — Provenances anciennes diverses : Pichets, vases, pots à eau, gourdes, etc.

59 — Rouen ancien : Jardinière à reliefs ajourés. Amour décor bleu.

59 — A — Plaque ronde avec profil César. Fontaine et vasque.

59 — B — Salière trilobée réparée, fontaine.

59 — C — Deux vasques.

59 — D — Soupière couverte.

59 — E — Soupière style rayonnant. — Soupière à la corne. — trois huiliers et burettes.

59 — F — Pichet réparé. — Aiguière armoriée bleu, réparée.

59 — G — Deux bannettes bleues. — Compotier et assiette polychrome, décors à paons.

59 — H — Lille, banette octogone, décors bleu, fêlée.

59 — I — Marseille décor polychrome. — Soupière décor fleurs, réparée. — Statuette décor fleurs, réparée. — Assiettes bords ajourés, décors fleurs.

59 — J — Islettes. — Vingt-quatre assiettes à décors chinois et soupière. — Sucrier et trois tasses.

59 — K — Neufchâtel. Trois pigeons d'épi de faitage.
Fontaine et sa vasque. — Fleurs, oiseaux, per-

sonnages. — Fontaine à accrocher. — Trois pichets polychromes. — Deux porte-huiliers à burettes.

59 — L — Varages. — Deux jardinières à grotesques, polychromes. — Deux salières.

59 — M — Palissy et suite : Petit plat rond à masques.— Plat ovale, baptême de Saint Jean. — Plat rond ajouré ? — Cheval caparaçonné. — Chien couché se grattant. — Petite corbeille à pain.

59 — N — Fabriques anciennes diverses : Avignon. Coupe armoriée. — Italie. Soupière. — Midi. Assiette à noix.— Delft. Ecuelle bleue, couvercle polychrome. — Strasbourg. Pot à crème rose. — Nevers. Petit plat, personnages bleu.

59 — O — Porcelaines anciennes : Paris. Ecuelle et plateau. — Deux tasses et soucoupes. — Décors paysages. — Grande tasse droite. — Deux autres à fleurs. — Trois autres à fleurs. — Chantilly. Moutardier, tasse. — Pot à crème décor bleu. — Chine ancien : Deux soucoupes et deux pots à crème. — Sarreguemines. Enfant frappant une clochette, statuette.

60 — La Courtille. Pastorale groupe biscuit émaillé; scène mythologique. — Saint-Clément. — Deux groupes personnages pastoraux.

61 — Sous ce numéro, quantité de faïences, plats, assiettes, vases de fabrique anciennes et morceaux fracturés. Divers plats en Japon ancien. Assiettes vieux Rouen. Plaques faïence de Nuremberg. Plats en terre vernissée.

ÉTAINS

62-63 — Étains anciens. Écuelles, boîtes, vases à dîmes, plats, assiettes, salières, pots à eaux, mesures, sucriers à saupoudrer, marmites, vases divers de toutes provenances.

DINANDERIE

64 — Dinanderie ancienne, vase fort curieux du XIVe siècle.

65 — Dinanderie ancienne. Aiguière bec formé par un lion, XVIe siècle. Aiguière, deux potences à cierges, cabochons, bénitiers, mortiers. Deux petits flambeaux d'église.

CUIVRES

66 — Cuivres anciens. Garnitures de commode. Époque Louis XIV, Louis XV et Louis XVI. Entrées, chutes, sabots, garnitures provenant des parapluies dits Robinson.

67 — XIIIe SIÈCLE. Croix processionnelle, pattes ornées de cabochons, d'un Christ à jupe en émail champlevé, les bras de la croix ornés de figures d'apôtres en émail champlevé.

67 — A — Custode du XIIe siècle, émail champlevé.

68 — XVIe SIÈCLE. Croix processionnelle en cuivre repoussé doré avec figures du Christ et emblèmes des Évangélistes.

69 — Cuivres anciens. Encensoir gothique. Quatre encensoirs du XVIe siècle. Deux sommets d'encensoirs Louis XV. Lampe de suspension de même époque.

70 — Cuivres anciens. Diverses statuettes provenant de pendules du XVIIIe siècle. Deux frontons cuivre repoussé à figurines et animaux.

71 — Cuivres anciens. Divers bas-reliefs pour meubles. Époque du Ier Empire.

72 — Ferronnerie ancienne. Serrures anciennes gothiques, provenant de coffres. Pentures en fer découpées provenant de meubles et portes d'appartement.

73 — Ferronnerie ancienne. Verrous gothiques du XVIe et XVIIIe siècle. Loquets de diverses époques.

73 — A — Lanterne de falot en fer doré. Époque Louis XV.

74 — Ferronnerie ancienne. Serrures du XVIe siècle, serrures du XVIIe siècle. Sera divisé.

75 — Ferronnerie ancienne. Cadenas. Romans, gothiques et des époques postérieures. Sera divisé.

76 — Ferronnerie ancienne. Clefs gothiques et époques postérieures, clefs de maîtrise et à étuis.

77 — Ferronnerie ancienne. Heurtoirs, marteaux de porte gothique du XVIe au XVIIIe siècle.

78 — Ferronnerie ancienne. Chenêts gothiques en fonte. Chenêts du XVIe siècle en fer. Chenêts du XVIIe siècle en fer.

79 — Ferronnerie ancienne. Épi de faîtage, fer forgé, rampe d'escalier, rampe de chapelle, balcon, de diverses époques.

80 — Ferronnerie ancienne. Instruments de torture, menottes, colliers, éprouvette, mors de bride du XVIe siècle. Objets divers.

81 — Armes anciennes. Pertuisanes, fauchard, esponton, langue de bœuf, haches, hallebarde, crochets de fantassin, épées Louis XV et Louis XVI.

82 — Armes anciennes. Pistolets de deux et quatre coups, pistolets briquets, pistolets à un coup, des époques Louis XIV, Louis XV et Louis XVI, avec canons ciselés, damasquinés et autres ornementations. Piques de gardes nationaux, 1re République.

VITRAUX

83 — Vitraux anciens du XIIe au XVIIIe siècle. Débris de vitraux. Sera vendu par lots. Ceux complets ou presque complets seront vendus isolément.

84 — Sous ce numéro divers objets des séries précédentes ; omis.

MEUBLES ANCIENS

SCULPTURES ANCIENNES, PIERRES

TERRE CUITE, BOIS

85 — XVe SIÈCLE. Coffre à cinq panneaux gothiques et fleurs de lys, serrure en fer découpé. Chêne.

86 — XVe SIÈCLE. Coffre à cinq panneaux; gothique, flamboyant, serrure ouvrée. Chêne.

87 — XVe SIÈCLE. Coffre a cinq panneaux, gothique. Chêne.

88 — XVIe SIÈCLE. Coffre à trois panneaux le central important. Epoque Henri II. Chêne.

89 XVIe SIÈCLE. Coffre à grand panneau central et double gaîne à chaque. extrémité. Époque Henri III. Chêne.

90 — XVIe SIÈCLE. Coffre à grand panneau central. Style serrurerie. Angles ornés de statuettes formant cariatides. Chêne.

91 — XVIe SIÈCLE. Table à rallonges, ceinture à godrons supportée par un double pied central, forme balustre. Chêne.

92 — XVIe SIÈCLE. Table ceinture unie supportée par des colonnes et un portique à chaque extrémité. Chêne.

93 — XVIe SIÈCLE. Coffre, panneau central à masque, gaînes, ceinture à entrelacs. Chêne.

94 — XVIe SIÈCLE. Coffre chêne à cinq panneaux à bustes réparés. Chêne.

95 — XVIe SIÈCLE. Deux coffres en chêne, têtes d'ange.

96 — XVIe SIÈCLE. Sommet de crédence à deux portes, gaînes, moulures riches et masque de lion. Chêne.

97 — XVIe SIÈCLE. Coffre richement orné, angles à cariatides Chêne.

98 — XVIe SIÈCLE. Coffre à portique, dans lesquels, la Vierge et les Évangélistes. Chêne.

99 — XVIe SIÈCLE. Autre analogue au précédent avec serrure ouvrée.

100 — Époque Louis XIV. Grand meuble, chêne sculpté, quatre portes et deux tiroirs, orné de ferrures.

101 — Époque Louis XIV. Autre analogue au précédent, orné de ferrures.

102 — Époque Louis XIV. Grand canapé à joues recouvert en tapisseries au point à ramages, piètement à balustres reliés par des X. Chêne.

103 — Époque Louis XV. Deux fauteuils recouverts en tapisserie au point.

104 — Époque Louis XIV. Cadre ovale chêne sculpté avec tapisseries de soie, mort de saint François.

105 — Époque Louis XIV. Encadrement de tabernacle, bois sculpté, doré, argenté, Dieu le père et chérubins.

106 — Époque Louis XIII. Deux petits portiques en bois sculpté, doré, à têtes d'anges et demi-colonnes.

107 — Époque Louis XIV. Pied de croix, chêne sculpté, richement orné à volutes détachées.

108 — Époque Louis XIV. Deux couronnes sculptées, dorées.

109 — ÉPOQUE LOUIS XIV. Chêne sculpté, paire de demi-colonnes torses avec pampres et chérubins dorés.

110 — ÉPOQUE LOUIS XIV. Dix colonnes torses avec leurs chapiteaux chêne sculpté, pampres et oiseaux.

111 — ÉPOQUE LOUIS XIV. Paire de colonnes chêne sculpté, et peint avec chapiteaux ornées de pampres.

112 — ÉPOQUE LOUIS XIV. Quatre grandes colonnes en chêne sculpté et doré avec chapiteaux, les enfants peints en carnation.

113 — XVIe SIÈCLE. La Vierge tenant l'enfant, peinte et dorée, pierre.

114 — ÉPOQUE LOUIS XIV. Socle de crucifix, bois sculpté à jour doré, orné de deux têtes de chérubins.

115 — ÉPOQUE LOUIS XIV. Grands rétables d'autels bois sculpté, doré sur un fond orné de niches avec saints, entablement supporté par des colonne, richement ornées de pampres, un avant corps à jour destiné à placer l'image du Divin maître au dessus du tabernacle.

Ces objets remarquables sont en bel état de conservation.

116 — XVIe SIÈCLE. Pieta, petit groupe en noyer sculpté ayant sa polychromie ancienne.

117 — ÉPOQUE LOUIS XIV. L'Assomption de la Vierge, groupe en bois sculpté doré, les têtes en carnation.

Ce remarquable objet est en parfait état de conservation, il est d'une exécution superbe. la Vierge est entourée de sept figures d'anges.

118 — ÉPOQUE LOUIS XIV. Deux anges priant, bois sculpté, figures provenant d'un calvaire.

119 — ÉPOQUE LOUIS XIV. Deux chaises découvertes en tapisseries au point.

120 — XVIe SIÈCLE. Chaise de garde-robe, dossier sculpté. Chène.

121 — ÉPOQUE LOUIS XIV. Vase tabernacle, chêne sculpté, manque le piedouche.

122 — ÉPOQUE LOUIS XIV. Jésus ressuscitant et deux anges, bois sculpté, doré, têtes en carnation.

123 — ÉPOQUE DIVERSES. Huit paires de flambeaux en bois sculpté, doré.

123 — A — Deux paires plus grandes.

124 — Lion présentant un cartouche, statuette, bois sculpté et peint.

125 — XVIe SIÈCLE. Hérodiade recevant la tête de Saint Jean, groupe chêne sculpté et peint.

126 — XVIe SIÈCLE. Jésus à la colonne, flagellé par deux bourreaux, groupe, bois sculpté et peint.

127 — XVIIe SIÈCLE. Moïse, statuette pierre polychromée.

128 — XVIIIe SIÈCLE. Terre cuite, deux statuettes Vierge présentant l'enfant.

129 — XVIIe SIÈCLE. Saint-Pierre, statuette terre cuite.

130 — XVIIe SIÈCLE. Panneau sculpté représentant Saint Jean et divers anges, polychromé.

131 — XVIIe SIÈCLE. Sainte Madeleine à genoux, noyer sculpté.

132 — VIIIe SIÈCLE. Personnage assis, vêtu en évêque ou consul du bas empire, tête fracturée, pierre sculptée. Objet d'une rareté insigne, vêtement couvert d'inscriptions.

133 — XIe SIÈCLE. Pierre sculptée et peinte : Saint Pierre assis dans une chayere, deux anges lui placent la tiare sur la tête. Objet rarissime.

134 — XVIe SIÈCLE. Saint Roch, pierre sculptée, traces de polychromie.

135 — XVe SIÈCLE. Saint Martin, pierre sculptée ; il est représenté à cheval coupant son manteau.

136 — XVIe SIÈCLE. Pieta, pierre sculptée.

137 — XVIIe SIÈCLE. Sainte Madeleine, terre cuite.

138 — XVe SIÈCLE. Statue de saint évêque, pierre sculptée peinte, représenté dans un fauteuil X à têtes d'animaux chimériques, vêtu d'une grande chape avec mors, traces de polychromie, manque tête et mains.

139 — XVIIe SIÈCLE. La Vierge tenant l'enfant, statuette terre cuite.

140 — XVIIe SIÈCLE. Sainte Barbe, pierre sculptée, traces de polychromie.

141 — XVIIe SIÈCLE. Saint Sébastien, bois sculpté peint.

142 — Saint André, bois sculpté.

143 — XVIIe SIÈCLE. Deux anges bois sculpté.

144 — XVIIIe SIÈCLE. Deux saints, terre cuite.

145-146 — XVIIe SIÈCLE. Deux saints évêques, bois sculpté et peint.

147 — XVe SIÈCLE. Petit coffre gothique flamboyant. Armes et couronne de France.

148 — XVe SIÈCLE. Grand coffre de même époque et style. Armes de France, du Dauphin et membres de la famille royale.

149 — XVe SIÈCLE. Coffre gothique flamboyant avec armoiries, chêne.

150 — XVIe SIÈCLE. Coffre à panneaux gothiques et du XVe siècle.

151 — XVIe SIÈCLE. Analogue au précédent.

152 — XVIe SIÈCLE. Analogue au précédent.

153-158 — XVe et XVIe SIÈCLES. Six coffres chêne sculpté, même style dont deux armoires.

159 — ÉPOQUE LOUIS XIV. Portique chêne sculpté à corniche, fronton guirlandé de fruits et pilastres.

160 — Même époque. Cadre à sommet cintré peint et doré.

161-162 — XVIe SIÈCLE. Coffres à masques en relief, chêne sculpté.

163 — Même époque. Autre à personnages et masques.

164 — Autre à perspectives, chêne sculpté.

165 — Autre à panneau central, gaînes et masques chêne sculpté.

166 — ÉPOQUE LOUIS XIV. Paire de colonnes torses ornées de pampres.

167 — ÉPOQUE HENRI IV. Meuble à deux corps, moulures et colonettes, chêne.

168 — XVIe SIÈCLE. Deux coffres avec profils et ornements chêne sculpté, serrures.

169 — XVIe SIÈCLE. Beau coffre chêne sculpté, riche ornementation.

170 — Même époque. Beau coffre chêne sculpté avec bas relief : Diane et griffons dans des entrelacs.

171 — Même époque. Autre avec cœur au centre, chêne sculpté.

171 — A — XVe SIÈCLE. Lit gothique, chêne.

172 — ÉPOQUE LOUIS XIII. Lit à colonnes torses, chêne.

173 — ÉPOQUE LOUIS XIII. Meuble à deux corps, moulures et colonnettes.

174 — ÉPOQUE LOUIS XIII. Analogue au précédent.

175 — XVIe SIÈCLE. Coffre chêne sculpté.

176 — XVIe SIÈCLE. Paire de stalles à deux places, sculptées intérieurement et extérieurement, les dos sculptés extérieurement, chêne.

177 — ÉPOQUE LOUIS XIV. Grand meuble chêne sculpté, quatre portes, deux tiroirs.

178 — XVIe SIÈCLE. Lit à colonnes ornées de godrons en relief, chêne.

179 — Autre analogue de même époque, chêne.

180 — XVIe SIÈCLE. Panneau d'appartement orné de quatre profils, chêne.

181 — ÉPOQUE LOUIS XV. Armoire à deux corps, chêne sculpté.

182 — ÉPOQUE LOUIS XIV. La Vierge et l'enfant, statue polychrome.

183 — Même époque. Grand cadre de retable.

184 — ÉPOQUE LOUIS XIV. Trois fauteuils et trois chaises.

185 — Même époque. Deux statuettes : Vierge, bois sculpté.

186 — Même époque. Deux statuettes : Anges, bois sculpté.

187 — ÉPOQUE LOUIS XV. Paire de beaux cartouches, rocaille sculptés dorés.

188 — Même époque. Boiserie de salle sculptée peinte brun et vert.

189 — ÉPOQUE DU XVe SIÈCLE. Deux poutres sculptées chêne.

190 — Époque Louis XIV. Deux panneaux avec cadres ovales, chêne sculpté.

191 — Époque Louis XIV. Cage de monstrance à volutes réunies au sommet, chêne sculpté doré.

192 — Même époque. Cadre bois sculpté.

193 — Sommet de dais avec quatre anges, bois sculpté doré.

194 — Époque Louis XIV. Imposte avec corniche et frise, bois sculpté.

195 — Époque Louis XIV. Grand meuble à deux corps, quatre portes, chêne sculpté.

196-199 — Autre analogue au précédent.

200 — Époque Louis XV. Armoire à deux corps, portes supérieures, chêne sculpté.

201 — XVIe siècle. Piètement de table à pieds ornés de godrons.

202 — XVIe siècle. Deux sommets de crédence à moulures et colonnettes.

203 — XVe SIÈCLE. Petite armoire à accrocher, chêne, forme curieuse.

204 — ÉPOQUE LOUIS XIV. Bois de fauteuil chêne sculpté et chaise, bois découpé.

205 — XVIe SIÈCLE. Belle frise chêne sculpté.

206 — XVIe SIÈCLE. Coffre chêne sculpté.

207 — XVIe et XVIIe SIÈCLES. Divers panneaux provenant de meubles chêne et noyer sculpté.

208 — XVIe SIÈCLE. Diverses portes sculptées provenant de crédences.

209 — XVe et XVIe SIÈCLES. Neuf devants de coffres chêne sculpté.

210 — XVe et XVIe SIÈCLES. Douze devants de coffres chêne sculpté.

211 — ÉPOQUE LOUIS XIII. Très belle armoire sculptée aux armes de Richelieu.

212 — XVIe SIÈCLE. Armoire chêne sculpté.

213 — ÉPOQUE LOUIS XIV. Armoire à deux portes chêne sculpté.

214 — Époque Louis XV. Armoire à deux portes chêne sculpté.

215 — Époques Louis XIV et Louis XV. Douze boîtes d'horloge.

216 — Époque Louis XV. Bureau de dame marqueté.

217 — Époque Louis XVI. Commode marqueterie de bois rose.

218 — Époque Louis XIV. Bureau dos d'âne marqueterie de bois.

219 — XVIe siècle. Coffre chêne sculpté.

220 — XVIe siècle. Coffre à piètement, meuble à deux corps.

221 — Époque Louis XIV. Armoire chêne et grillages.

222 — Même époque. Belle armoire chêne sculpté.

223 — XVIe siècle. Piètement de table carré.

224 — XVIe siècle. Meuble-crédence à portes et colonnes sculptées.

225 — Époque Louis XIV. Tabernacle tournant acajou massif sculpté.

226 — Époque Louis XIII. Meuble à deux portes chêne sculpté.

227 — Époque Louis XV. Commode bois rose.

228 — xvie siècle. Coffre à figures en pied, chêne sculpté.

229 — Époque du Directoire. Canapé et lit bois peint.

230 — Époque Louis XIII. Petit cabinet ébène, portes et tiroirs à sujets en broderie.

231 — Époque Louis XIV. Chaise longue réparée, noyer.

232 — Époque Louis XV. Commode à trois tiroirs, bois rose.

233 — Époque Louis XIV. Quatre cadres en bois sculpté et doré.

234 — Époque Louis XIV. Dessus de bureau, marqueterie de Boulle.

235 — Époque Louis XV et Louis XVI. Deux glaces cadres bois sculpté doré.

236 — Époque Louis XV. Petite commode jouet d'enfant, bois rose.

237 — Diverses époques. Deux cent cinquante panneaux sculptés provenant de meubles gothiques, Renaissance et autres en chêne et noyer colonnes de diverses époques, colonnettes torses et cannelées, frises provenant de meubles.

238 — Époque Louis XIV. Trois corps de bureaux, marqueteries diverses.

239 — xvie siècle. Devant de coffre avec danse de nymphes, chêne.

240-241 — Même époque. Deux autres avec figures en relief.

242 — xvie siècle. Haut de meuble sculpté, crédence.

243 — Époque Louis XIV. Trois tabourets.

244 — Époque Louis XIII. Haut de meuble richement orné.

245 — xvie siècle. Haut de crédence, chêne sculpté.

246 — XVIe SIÈCLE. Deux pieds de crédence. Chêne.

247 — XVIe ET XVIIe SIÈCLE. Trois hauts de meubles à colonnettes.

248 — ÉPOQUE LOUIS XIII. Quatre fauteuils, trois chaises, un débris de caqueteuse.

249 — ÉPOQUE LOUIS XIV. Deux cadres bois sculpté.

250 — ÉPOQUE LOUIS XV. Deux couronnes sculptées et dorées.

251 — ÉPOQUE LOUIS XIV. Trois meubles à deux corps, chêne.

252 — ÉPOQUE LOUIS XIII. Deux meubles à deux corps.

253 — ÉPOQUE LOUIS XIII. Fauteuil bois moulure.

254 — ÉPOQUE LOUIS XVI. Petite commode jouet d'enfant, marqueterie de bois de couleur à damier.

255 — ÉPOQUE LOUIS XIV. Deux guirlandes verticales, feuillages roses tournesols et autres peints et dorés, chêne sculpté.

256 — Époque Louis XVI. Horloge avec mouvement carré et phases lunaires art hollandais, caisse acajou colonettes cannelées.

257 — Époque Louis XIII. Ange en prière, cadre simulant des nuages avec têtes de chérubins, chêne sculpté.

258 — Époque Louis XIII. Deux statuettes anges, chêne sculpté.

259 — Époque Louis XVI. Belle bergère à dossier ovale, rubans, piastres feuilles d'achante, pieds cannelés, peinte en gris.

260 — Époque Louis XVI. Encoignure en laque rouge avec personnages chinois peints, pavillon, arbres et bordure en or.

261 — Époque Louis XIV. Tapisserie des Gobelins, christ en croix, cadre bois sculpté doré.

262 — xve siècle. — Crédence gothique à arceaux et armoiries à merlettes, pentures en fer. Tiroirs réparés.

263 — Époque Louis XV. Cadre pour Christ rocaille ajouré avec têtes de chérubins, noyer sculpté.

264 — Époque Louis XIV. Sainte Anne et saint Jean, deux grandes statuettes, chêne sculpté.

265 — Même époque. Vierge, statuette polychromée.

266 — Époque Louis XIII. Paire de très jolies cariatides à gaines ornées de fleurs, noyer sculpté doré.

267 — Époque Louis XIV. Cinq chutes, guirlandes de fleurs, noyer sculpté.

268 — xvie siècle. Fronton de meuble, niche avec évêque, sur les extrémités figures demi couchées, noyer sculpté peint, doré.

269 — xvie siècle. Panneau noyer sculpté : Jugement de Salomon.

270 — Époque Louis XVI. Petite table carrée à ouvrage, trois tiroirs, marqueterie à damier.

271 — Époque Louis XV. Très belle commode à trois rangs de tiroirs, la partie centrale rentrante à entrées, bois rose, orné de bronzes ciselés dorés. Chutes, poignées entrées sabots, signés du monogramme C. couronné, dit de Caffieri.

272 — Époque Louis XVI. Petite commode à trois tiroirs, marquetée bois rose ornée de bronzes ciselés dorés.

273 — Même époque. Toilette dite poudreuse, marquetée bois rose.

274 — Époque Louis XV. Régence. Commode à trois tiroirs, marqueterie de bois rose et de couleur, bronzes ciselés et dorés, entrées poignées. Chutes à têtes de femme et sabots. Belle qualité.

275 — Époque Louis XV. Petite commode jouet à trois tiroirs, noyer.

276 — Époque Louis XIV. Cabinet de bureau en marqueterie de nacre et d'étain gravé. Très beau travail de Boulle.

277 — Époque Louis XV. Petite commode à deux tiroirs, forme contournée, marqueterie de fleurs, sur les flancs vases de fleurs, canif, sonnette, livre, plume ornée de bronzes ciselés, dorés, entrées poignées, chutes sabots.

278 — Époque Louis XVI. Petite commode à ressaut. Deux tiroirs bois rose.

279 — Époque Louis XVI. Petite table ovale, marqueterie de bois de couleur.

280 — xvie siècle. Petit cabinet en marqueterie de bois de couleur. Travail de Savone.

281 — ÉPOQUE LOUIS XVI. Meuble d'appui à deux portes et tiroir, marqueté bois rose.

282 — ÉPOQUE LOUIS XV. Vitrine bois rose.

283 — ÉPOQUE LOUIS XVI. Crucifix bois sculpté et peint.

284 — ÉPOQUE LOUIS XV. Glace cadre sculpté.

285 — ÉPOQUE LOUIS XVI. Surtout avec galerie bronze argenté.

286 — Plaque porcelaine représentant : La Noce de Village, d'après TAUNAY.

287 — ÉPOQUE LOUIS XIV. Reliquaire beau cadre sculpté doré.

288 — ÉPOQUE LOUIS XIV. Pendule religieuse, écaille rouge. Mouvement carré.

289 — ÉPOQUE EMPIRE. Paire d'appliques à trois lumières, bronze ciselé doré.

290 — ÉPOQUE LOUIS XIII. Meuble en chêne sculpté, très réparé.

291 — XVIIe SIÈCLE. Statuette équestre : Amour sur cheval galopant, traces de dorure.

292-293 — XVIe SIÈCLE. Paire de crédences à colonnettes dans le goût de DUCERCEAU, chêne.

294 — XVIe SIÈCLE. Coffre chêne sculpté, figure représentant Les Vertus.

295 — Sous ce numéro cinquante meubles anciens non décrits, des époques Louis XIV, Louis XV, Louis XVI, en chêne.

295 *bis* — XVIe SIÈCLE. Coffre panneau central ornemané et gaines, chêne.

296 — XVIe SIÈCLE. Autre plus petit, riche ornementation, chêne.

296 *bis* — Sous ce numéro, quantité de frises ornemanées et panneaux de provenances diverses.

297 — Pilastres provenant d'un escalier du XVIIe siècle, chêne.

298 — ÉPOQUE LOUIS XVI. Deux bas-reliefs en cire, profils de Césars.

299 — Dix petits cadres anciens bois sculpté.

300 — Époque Louis XV. Paire de girandoles à trois lumières, bronze doré.

ARGENTERIE

301-305 — Époque Louis XVI. Dix boucles pour manteaux, agrafes argent repoussé.

306 — Même époque. Deux tasses a goûter le vin.

307 — Époque Louis XVI. Collier argent et strass avec Saint Esprit.

308 — Autre avec croix.

309 — Époque Louis XVI. Deux pendants de cou en or avec Saint Esprit, ornés de roses.

310 — Époque Louis XVI. Deux timbales argent gravé, ornées de fleurs et médaillons pastoraux.

311 — Époque Louis XV. Tabatière forme contournée avec motifs rocailles et personnages à la Watteau.

312 — Époque Ier Empire. Tasse et plateau à moulures.

313 — Époque Ier Empire. Quatre coquetiers.

313 *bis* — Époque Ier Empire. Deux salières avec figures debout.

314 — Époque Louis XVI. Châtelaine et deux cachets.

315 — Époque Louis XVI. Quatre crochets de ceintures ornés et ciselés.

316 — Époque Louis XVI. Cuivre doré, châtelaine ornée d'attributs pastoraux.

317 — Époque Louis XV. Plateau en noyer de forme ovale contourné, garni en argent ciselé.

ÉTOFFES ANCIENNES, BANNIÈRES
ÉTOFFES OUVRÉES

318 — Époque Louis XIV. Très belle garniture de lit. Lambrequins et couvre-lit, garnie en soie de couleur soutachée et le fond du lit brodé orné d'un très beau vase.

319 — ÉPOQUE LOUIS XVI et autre. Vingt-quatre foulards imprimés, dits toiles d'Alsace à sujets de fleur et cachemire.

320 — XVIIIe SIÈCLE. Trois bannières brodées : La Vierge ; couronnement de la Vierge ; Saint Pierre.

321 — XVIIIe SIÈCLE. Seize figures brodées, représentant la Vierge; Saint Georges; Saint Paul; Saint Jean ; etc. Sera divisée.

322 — ÉPOQUE LOUIS XVII. Chasuble damas soie blanche avec broderie, la Vierge et plusieurs saints et dentelle dorée.

323 — XVIe SIÈCLE. Chasuble damas soie bleue avec broderie d'or et figures de saints.

324 — XVIe SIÈCLE. Chasuble soie vieux rose avec broderie de métal et soie, Christ en croix et plusieurs saints.

325 — ÉPOQUE LOUIS XV. Chasuble soie brochée, fond rose.

326 — ÉPOQUE LOUIS XVI. Chasuble soie brodée, fond rose lamé d'argent.

327 — ÉPOQUE LOUIS XV. Autre, brochée sur fond blanc.

328 — Époque Louis XIV. Chasuble Damas de soie broché blanc sur fond violet.

329 — Époque Louis XIV. Chasuble soie brochée sur fond blanc, lamée d'or, fleurs et feuillages.

330 — Époque Louis XIV. Chasuble soie brochée fond rose, très beau dessin.

331 — Époque Louis XVI. Chasuble fond blanc broché fleurs et lamé d'or et argent.

332 — Époque Louis XVI. Autre, satin fond blanc, rayures et bouquets brochée fleurs.

333 — Même époque. Autre en soie, dessins analogues.

334 — Époque Louis XV. Tapis soie verte bouquets brodés.

335 — XVIe siècle. Chasuble en brocatelle jaune brochée, chardons avec croix brodée au point de chaînette fleurs.

336 — XVIe siècle. Chasuble brochée ornée d'œillets et roses, rouge et vert.

337 — XVIe siècle. Autre a fond violet très beau dessin et qualité.

338 — XVIe SIÉCLE. Autre, à fond blanc, beau dessin très belle qualité.

339 — EPOQUE LOUIS XIV. Tapis soie verte bordé de galons, au centre tapisserie au point fleurs, aux angles médaillons avec roses brodées.

340 — ÈPOQUE LOUIS XV. Chasuble soie brochée fleurs sur fond vert.

341 — ÉPOQUE LOUIS XIV. Rideau fond jaune broché à dentelle et fleurs de couleur.

342 — ÉPOQUE LOUIS XIV. Deux autres à fond blanc, bouquets et feuillages lamés or et argent.

343 — XVIIe SIÉCLE. Chasuble soie brochée fond rose, bouquets blancs et de couleur.

344 — ÉPOQUE LOUIS XV. Jupe soie brochée rubans et fleurs fond Isabelle.

345 — Même époque. Jupe soie brochée, fond pourpre broché, bouquets fleurs et dentelle.

346 — XVIe SIÉCLE. Pente en brocatelle de soie rouge et jaune.

347 — Époque Louis XVI. Jupe fond gorge de pigeon brochée, fleurs rouges et dentelles.

348 — Époque Louis XV. Robe en lampas fond saumon clair, dessin jaune.

349 — Époque Louis XVI. Dessus de lit soie brochée, raies vertes, blanches, grises avec bouquets.

350 — Époque Louis XV. Tapis de table fond bleu clair, rayures bleues, bouquets de fleurs brochés.

351 — Époque Louis XVI. Chape fond chair, rayures rosée avec bouquets et fleurettes brochées.

352 — Chasuble satin fond groseille.

353 — Époque Louis XV. Tapis de table bordé de galon, fond vert d'eau broché de fleurs et lamé.

354 — XVIe siècle. Petit rideau brocatelle fond jaune, beau dessin.

355 — Époque Louis XV. Grand dessus de lit jaune d'or, lamé de même, semé de bouquets brochés.

356 — Époque Louis XV. Lé de soie, broché fleurs dentelles, fond gris clair.

357 — Époque Louis XV. Petit carré de soie bordé de dentelle dorée, soie brochée lamé, bouquets de fleurs.

358 — Autre à fond rouge.

359 — Autre à fond gris clair fleurs.

360 — Autre à fond gris clair, à vase.

361 — Époque Louis XV. Deux autres à fond vert tissé de métal.

362 — Époque Louis XVI. Deux carrés soie brochée fond rouge, tissés de métal.

363 — Époque Louis XV. Pente soie brochée fond blanc et bouquets.

364 — Époque Louis XV. Pente satin blanc, broderie au passé, fleurs.

365 — Autre analogue à la précédente.

366 — Grand rideau damas de soie rouge.

367 — Deux grands rideaux damas soie jaune.

368 — Époque Louis XIV. Dessus de lit damas de soie rouge.

369 — Époque Louis XIV. Deux rideaux damas soie rouge.

370 — Époque Louis XIV. Chape soie crochet, verte.

371 — Même époque. Petit carré soie bordé de dentelle dorée, fond rouge broché fleurs.

372 — Autre a fond vert.

TENTURES ET TAPISSERIES

373 — XVIe siècle. Grand panneau en broderie de soie représentant Joseph vendu par ses frères. Magnifique bordure fond de drap or. Arabesques vertes et paons.

374 — XVIe siècle. Une bordure avec figure de guerrier et amour. Fabrique de Bruxelles.

375 — XVIIe siècle. Portière d'Aubusson, verdure.

376 — XVIe SIÈCLE. Grande tapisserie bordée : La chaste Suzanne.

377 — Morceau de bordure a bouquets de fleurs. Fabrique de Bruxelles.

378 — XVIIe SIÈCLE. Grande verdure très beaux tons avec bordures, fabriques des Flandres.

379 — XVIIe SIÈCLE. Bordure horizontale, très belles couleurs, riche ornementation, fabrique des Gobelins.

380 — ÉPOQUE LOUIS XIV. Écran, tapisserie au point : La Balançoire, avec encadrement à arabesques, au petit point.

381 — Même époque. Dossier de fauteuil, au point : Joueurs de quilles.

382 — Même époque. Grand dossier de fauteuil, arabesques oiseaux et animaux chimériques au point.

383 — Autre de même époque avec trois personnages, oiseaux, animaux chimériques.

384 — Même époque. Arabesques et animaux au point.

385 — Même époque. Dessus de banquettes, trois personnages : dragons ailés, ornements au petit point.

386 — Même époque. Écran : l'Hiver et l'Automne, arabesques, oiseaux au petit point.

387 — ÉPOQUE LOUIS XIV. Dossier et siège, feuillages, fleurs et paon petit point.

388 — Autre à arabesques.

389 — ÉPOQUE LOUIS XIV. Dossier et siège, fleurs arabesques et caisses à fleurs, point.

390 — Même époque. Grand écran à pavots, point de soie fond blanc.

391 — Deux autres tapisseries, point de Hongrie.

392 — ÉPOQUE LOUIS XIII. Portière tapisserie au point, arabesques fleurs.

393 — Même époque. Siège avec dragon.

394 — Même époque. Siège, fleurs et animaux.

395 — Même époque. Siège avec personnages, camaïeu bleu.

296 — Même époque. Grand dossier, arabesques.

397 — Même époque. Pentes de lit, ornements au point.

398 — Époque Louis XIII. Tapis de goût oriental.

399 — Époque Louis XIII. Siège à grenades.

400 — xvie siècle. Trois pentes, bordures et œillets au point, fond bleu.

401 — Époque Louis XIV. Trois morceaux au point, siège et dossier.

402 — Époque Louis XIII. Garniture de lit, point de Hongrie.

403 — Époque Louis XIII. Deux portières, très belle ornementation à fond clair.

404 — Pente de même travail et époque.

405 — Époque Louis XIV. Tenture en serge jaune imprimée.

406 — Sous ce numéro. quantité de garnitures de lit en serge avec ornements, rubans soutachés; et autres en toile de Jouy. — Lots de tapisserie au point pour sièges, bordures et rideaux.

407 — Sous ce numéro les objets omis.

www.ingramcontent.com/pod-product-compliance
Ingram Content Group UK Ltd.
Pitfield, Milton Keynes, MK11 3LW, UK
UKHW020433180726
13839UKWH00003B/1480

9 782329 454023